Alexandre Pouchkine

La Dame de pique

1834

Traduction d'André Gide et Jacques Schiffrin

JDH Éditions
Les Atemporels

Les Atemporels

Qu'il s'agisse d'œuvres du vingtième siècle, du dix-neuvième, du dix-huitième ou encore plus tôt…

Qu'il s'agisse d'essais, de récits, de romans, de pamphlets…

Ces œuvres ont marqué leur époque, leur contexte social, et elles sont encore structurantes dans la pensée et la société aujourd'hui.

La collection « Les Atemporels » de JDH Éditions réunit un choix de ces œuvres qui ne vieillissent pas, qui ont une date de publication (indiquée sur la couverture), mais pas de date de péremption. Car elles seront encore lues et relues dans un siècle.

La plupart de ces atemporels sont préfacés par un auteur ou un penseur contemporain.

© 2022. Edico
Éditions : JDH Éditions pour Edico
77600 Bussy-Saint-Georges

Imprimé par BoD – Books on Demand, Norderstedt, Allemagne

Préface de Yoann Laurent-Rouault

Illustration couverture : Yoann Laurent-Rouault
(SAS CAUSA LUDENDI : *causaludendiproduction@outlook.com*)

Conception couverture : Cynthia Skorupa

ISBN : 978-2-38127-270-2
ISSN : 2681-7616
Dépôt légal : juin 2022

PRÉFACE

« *S'il avait écrit comme il vivait, Pouchkine eût été un poète romantique, inégal dans son inspiration. S'il avait vécu comme il écrivait, il eût été un homme pondéré, sensible et heureux. Il n'a été ni l'un ni l'autre. Il a été Pouchkine.* »

Henri Troyat

La Dame de pique

Une nuit d'hiver, chez le lieutenant Naroumof, cinq jeunes gens jouent aux cartes. Ils en viennent à discuter du pouvoir de la comtesse Anna Fedotovna, grand-mère de l'un d'entre eux, Paul Tomski. La vieille dame connaîtrait une combinaison secrète de trois cartes permettant de gagner infailliblement au jeu du pharaon. Tomski raconte alors l'histoire de sa grand-mère à ses compagnons. Quand elle séjournait à Versailles dans sa jeunesse, elle jouait beaucoup, et un soir, elle perdit une forte somme, ce qui provoqua la colère de son mari. Mais, tentant de se refaire, jouant le tout pour le tout, la chance lui sourit en la personne du comte de Saint-Germain. L'homme lui enseigna une botte secrète qui lui permit de regagner, le soir même, ce qu'elle avait perdu. Et la comtesse garda obstinément son secret, trop heureuse d'être armée d'une solution de jeu imparable.

L'un des cinq compagnons de jeu de Naroumof est un jeune officier d'origine allemande. Il n'a jamais touché une seule carte de sa vie. Et, jusque-là, ne s'y était pas particulièrement intéressé. Mais il est vite appâté par les gains que pourrait lui procurer la combinaison secrète de cette fameuse comtesse. Et il ira loin pour l'obtenir. Il séduira Lisabéta Ivanovna, demoiselle de compagnie de la comtesse, pour s'introduire chez la comtesse. Puis, une fois dans la place, il se cachera dans les appartements privés de la vieille dame, pour lui extorquer de force cette fameuse « clé de jeu ». Seulement, devant la menace, le cœur de la vieille dame s'arrête. Elle meurt sur-le-champ sans avoir eu le temps de répondre à son agresseur.

À l'enterrement de la comtesse, Hermann croit la voir cligner malicieusement de l'œil. La nuit suivante, Hermann est hanté par la comtesse. Elle vient lui révéler son secret : le trois, le sept et l'as. Trois cartes qu'il devra jouer à raison d'une seule carte par soirée. Mais ce n'est pas un don. En contrepartie de cette révélation, il devra épouser Lisabéta, qu'il a séduite et abandonnée. Mais le jeune homme reste la proie de ses idées, fixes, et malgré les mises en garde du fantôme de la comtesse, il va jouer au casino, levant l'interdiction spectrale donc, rompant sa promesse.

À la table de jeu, il joue la première carte avec succès. Le surlendemain, il abat la deuxième carte et gagne. Le troisième soir, il mise toute sa fortune sur ce qu'il croit être l'as. Mais par erreur, il a misé sur la dame de pique et non l'as. Il s'en rend compte trop tard. La figure peinte sur la carte ressemble étrangement à la comtesse et semble cligner de l'œil. Ruiné, il sombre dans la folie.

Le jeu du pharaon

Le pharaon est un jeu de cartes, qui se joue entre un banquier et un nombre illimité de joueurs appelés pontes. Sur le tapis est disposé en forme de U un exemplaire de chaque carte de l'As (qui compte comme le 1) au Roi. Le banquier joue avec un jeu entier composé de cinquante-deux cartes qu'il mélange. Il commence par écarter la première carte du paquet, face visible, sans qu'elle soit prise en compte. Il désigne ensuite deux endroits (un à sa droite et un à sa gauche) qui correspondront aux emplacements « carte gagnante » et « carte perdante ». Les pontes, à chaque tirage, peuvent miser sur un des dessins de cartes sur le tapis en disant s'ils pensent que la carte, quand elle sortira, sera une carte gagnante ou une carte perdante. Les joueurs peuvent retirer ou modifier leur mise à tout moment. Le banquier gagne la mise du ponte lorsque la carte du ponte tombe dans l'emplacement carte perdante que le ponte avait misée sur une carte gagnante ou inversement. Le ponte gagne sa mise lorsque son pronostic était bon. Toute l'habileté du pharaon se réduit, pour les pontes, à observer ces deux règles de façon à diminuer le plus possible son désavantage :

Ne prendre des cartes que dans les premières tailles et miser d'autant moins sur le jeu qu'il y a un plus grand nombre de tailles passées.

Considérer comme les plus mauvaises cartes celles qui ne sont pas encore passées ou celles qui sont passées trois fois, et préférer à toutes celles qui sont passées deux fois.

Le pharaon était un jeu de cartes particulièrement en vogue à Versailles à la cour de Louis XV et du roi Louis XVI. Les règles de ce jeu étaient telles qu'elles avantageaient de beaucoup le banquier. Il était facile de tricher à ce jeu, à condition d'avoir du sang-froid. En cela, par certains côtés, comme au poker. Casanova écrit dans son livre *Histoire de ma vie* qu'il ne faut « jamais ponter au pharaon si on veut gagner » et il rapporte comment il prit part à une opération de tricherie avec un « correcteur de fortune » milanais, comme on les appelait alors, du nom de Don Antonio Croce. Il est à parier que nombre d'escroqueries et de chantages liés aux dettes de jeux furent commis dans les salons de ces époques.

Sur *La Dame de pique*

Structurée comme un roman, cette nouvelle met en scène des personnages caractéristiques du théâtre populaire de l'époque. Les deux thèmes principaux sont la vengeance et le jeu. Ou plutôt la passion dévorante du jeu. Considérée comme « un chef-d'œuvre de l'art fantastique » par Dostoïevski, la nouvelle laisse cependant au lecteur la possibilité de définir son genre. En clair, de choisir entre une interprétation réaliste ou surnaturelle. Entre rêve éveillé et ésotérisme.

Mais on note aussi, au fil des pages, une étude des mœurs de cette «brillante» société aristocratique du XIXe siècle qui peuple les salons et les cercles de jeux. Les références françaises, notamment à la cour des Bourbons et à Versailles, sont bien évidemment là. L'auteur était un francophone convaincu. Et il a eu un rôle fondateur pour la littérature russe, en s'inspirant du romantisme occidental et en introduisant la nouvelle, genre naissant, dans son pays. Et ce, d'une façon aussi inattendue que moderne.

Traductions françaises

La nouvelle a été traduite plusieurs fois en français, notamment en 1852 par Prosper Mérimée, et en 1935 par André Gide, qui ne connaît pas le russe, mais se fie à son traducteur, Jacques Schiffrin.

L'œuvre de Pouchkine est moins connue à l'étranger que celle d'autres écrivains russes, comme Tolstoï ou Dostoïevski. Ceci est dû au fait qu'elle est surtout poétique. Les traductions du XIXe siècle, en particulier, donnent une image particulièrement faussée de la poésie de Pouchkine. On peut rapprocher, sans trop s'aventurer, cette nouvelle de Pouchkine de *La Vénus d'Ille* de Prosper Mérimée, parue en 1837, peu après la mort de Pouchkine. C'est Mérimée qui le premier traduisit véritablement en français *La Dame de pique* en 1849. Elle fut ensuite l'objet de nombreuses traductions, plus ou moins heureuses. La plus renommée de toutes restant celle d'André Gide, réalisée en 1935. Gide inscrit l'œuvre du poète dans un contexte social et politique propre au XVIIIe siècle, mais met en relief «le rôle capital de Pouchkine dans la fondation d'une littérature russe riche et singulière». Il analyse aussi intelligemment le genre fantastique qu'il met en valeur son traducteur. En cela, on y retrouve une contemporanéité plus marquée. Quant à la musicalité et au rythme du style de Pouchkine, Prosper Mérimée fera mieux que Gide, de l'avis général.

Il était une fois Pouchkine

Alexandre Pouchkine est un poète, un dramaturge et un romancier russe, né à Moscou le 6 juin 1799 et mort à Saint-Pétersbourg le 10 février 1837. Il est issu d'une famille de la noblesse russe, assez fortunée. Son arbre généalogique est assez particulier. Son père, Sergueï Pouchkine (1770-1848), est officier du Tsar et conseiller militaire. Il est issu d'une des plus illustres familles de la noblesse russe, remontant au XIIIe siècle.

De par sa mère, Nadejda Pouchkina (1775-1836), il descend en droite ligne, puisque c'est son arrière-grand-père, du fameux Abraham Hannibal, cet esclave noir, devenu général, qui sera anobli par Pierre Le Grand en personne. L'histoire est peu commune pour l'époque.

Dans cette noblesse russe du XIXe siècle, on parle plusieurs langues, et notamment le français, très en vogue, surtout à Saint-Pétersbourg, lieu de villégiature privilégié de l'aristocratie russe comme européenne. D'ailleurs, le luxe à la française est la caractéristique principale de cette ville. Alexandre Pouchkine lira, dans sa prime jeunesse, quelques auteurs célèbres de cette littérature, comme Voltaire, par exemple, ou encore La Fontaine et ses fables.

Passionné d'histoire et de généalogie, comme beaucoup d'aristocrates, Pouchkine est fier de ce glorieux aïeul militaire et confident de Pierre Le Grand. Physiquement, par le jeu de la génétique, il a hérité des particularismes physiques de son aïeul. Ce qui provoquera quelques moqueries de ses camarades. Mais les jeunes filles y trouveront, elles, un attrait supplémentaire et une originalité qui feront qu'il ne sera justement pas en reste avec le beau sexe. Même si lui verra son métissage comme un handicap tout au long de sa vie, il sera décrit par ses contemporains comme un homme extrêmement vif d'esprit, doté d'une prodigieuse mémoire et comme un francophone convaincu.

De 1811 à 1817, il poursuit des études au lycée impérial de Tsarskoïe Selo (ville qui sera rebaptisée en 1937 de son nom en hommage à son œuvre) près de Saint-Pétersbourg. Dès 1814, il rimera avec bonheur et la poésie prendra une véritable place dans ses œuvres. En 1817, il intègre le ministère des Affaires étrangères. Durant ce temps, il rédige des poèmes romantiques inspirés par les littératures étrangères et russes, tandis que jeunesse se passe. Ses poèmes sont parfois graves, « *notamment lorsqu'ils critiquent l'autocratie, le servage et la cruauté des propriétaires fonciers* ».

Bien que libéral, Pouchkine n'est pas un révolutionnaire dans l'âme. Il ne fait pas de politique, mais il a une certaine idée de la justice et de l'équité entre les hommes. De par ses racines maternelles, peut-être, mais aussi certainement par ses lectures « européennes » et notamment françaises. Le climat politique russe en ce début du XIXe siècle est plutôt agité. Il s'en tient éloigné.

En 1820, pourtant, ses poèmes étant jugés séditieux, Pouchkine est condamné à l'exil par l'empereur Alexandre Ier. Un vers de plus l'aurait sans doute envoyé en Sibérie... Et c'est pour lui le début d'une époque voyageuse, pleine d'imprévus, de rencontres, de fêtes et de femmes. Cet exil, sans être doré, reste confortable dans un premier temps. Il abusera de son spleen, se mettant en jeu lors de duels épiques dont il sortira pourtant indemne. L'exil à Odessa marquera la fin de cette période. Là-bas, il sera initié à la franc-maçonnerie et il sera ensuite secrétaire de la loge *Les Chercheurs de la Manne*, fondée à Moscou en 1817. Mais une conquête féminine de trop, la femme du gouverneur d'Odessa, l'obligera à poursuivre son bannissement, et cette fois en rase campagne et sous bonne garde. Son isolement d'alors, presque total, nuira à sa production littéraire. Sur le moment. Car de ses six années d'exil, il extraira la matière première pour ses romans. Jugez-en plutôt : lors de son voyage dans le Caucase et en Crimée, il découvre la campagne russe profonde, il a des discussions avec divers aventuriers, il rédige les contes de sa nourrice. Ce sont aussi les années de ses premières grandes œuvres, encore fortement marquées par l'influence romantique de Byron : *Le Prisonnier du Caucase* (1821) décrit les coutumes guerrières des Circassiens. *La Fontaine de Bakhtchisaraï* (1822) évoque l'atmosphère d'un harem en Crimée. *Les Tziganes* (1824) est le drame d'un Russe qui tombe amoureux d'une Tzigane. *La Gabrieliade* (Gavriliada, 1821), dont il devra plus tard se défendre avec acharnement d'être l'auteur, pour échapper à la Sibérie, est un poème blasphématoire qui révèle l'influence de Voltaire. Surtout, Pouchkine entame son chef-d'œuvre : il écrit sa grande tragédie, *Boris Godounov* (1824-1825), et compose les « Contes en vers » ironiques et réalistes.

À la mort d'Alexandre Ier, en décembre 1825, suit la révolte des décembristes. Beaucoup de ses amis sont alors tués ou emprisonnés. Il renoncera à plaider sa cause pour rentrer d'exil, de peur d'être associé au mouvement séparatiste. Un an plus tard, c'est Nicolas Ier, tsar de toutes les Russies, en personne, qui le fera revenir à Moscou. Sur l'idée saugrenue du tsar de faire de ce poète réfractaire son censeur, en matière d'arts et de littératures. Il accepte pour éviter un nouvel exil. Mais c'est un demi-mal. Je lis : « *Pouchkine doit rendre compte de ses moindres déplacements aux autorités. Son activité littéraire est étroitement contrôlée. L'empereur va jusqu'à donner des conseils artistiques à son protégé : ainsi, à propos de Boris Godounov : "Faites-en un roman à la Walter Scott !"* » Et le comble est que, simultanément, il passe pour un odieux collaborateur du despotisme aux yeux des libéraux, qui le considéraient jusque-là comme l'un des leurs. Pouchkine, déprimé, sombre de nouveau dans ses travers. À noter cependant, une guerre à laquelle il assistera de près, en 1828-1829, avec l'Empire ottoman, qui lui inspirera son récit : *Voyage à Erzurum*.

Nathalie Gontcharova

Qu'il épouse, non sans difficultés, à Moscou, le 18 février 1831, remettra le turbulent poète sur les rails. Je lis : « *Pendant cette période de sa vie, Pouchkine, en pleine maturité littéraire, entame son œuvre en prose. Les Récits de feu Ivan Pétrovitch Belkine (regroupant* Le coup de pistolet, La Tempête de neige, Le Maître de poste *et* La Demoiselle-paysanne *sont composés à l'automne 1830.*

La Dame de pique *(1833) est une longue nouvelle d'inspiration fantastique.*

La Fille du capitaine *(1836), quant à elle, est une histoire d'amour qui se déroule pendant la révolte de Pougatchev.*

De cette période datent encore les « petites tragédies » : Le Chevalier avare *(1836) d'influence shakespearienne,* L'Invité de pierre *(1836), qui reprend le thème de* Don Juan, Mozart et Salieri *et celui du* Festin en temps de peste. *Il compose aussi le célèbre poème du "Cavalier de bronze" (1833).*

Pouchkine déploie également une intense activité de journaliste, notamment dans le cadre de la revue littéraire Le Contemporain. *Celle-ci lui permet de révéler de nouveaux auteurs, comme Nicolas Gogol, dont il publie* Le Nez, *et à qui il fournit le sujet du* Revizor *et des* Âmes mortes. »

La mort du poète

On a aujourd'hui coutume de dire que l'amour dure trois ans. Dans le cas de Pouchkine, sur le papier en tous les cas, il a doublé le score. Nathalie, sa femme, n'est pas très fidèle à ses engagements matrimoniaux. Même si le couple a déjà eu 4 enfants, il se fissure. Et c'est à cause d'intrigues d'alcôves la concernant que Pouchkine, pour laver son honneur de « cocu », provoquera en duel son rival, étrangement devenu son beau-frère. (Ce dernier épousera un peu plus tôt la petite sœur de Nathalie, pour tromper son monde et continuer de profiter de ses faveurs.)

Pourtant, afin d'éviter un drame familial, l'officier proposa à Pouchkine de se retirer. Alexandre Pouchkine refusa.

Le soir du 8 février 1837, les deux hommes se retrouvèrent face à face, non loin de Saint-Pétersbourg, accompagnés de leurs témoins. Plus rapide, l'officier français tira le premier et atteignit Pouchkine à la cuisse. Pourtant blessé, Pouchkine tira deux balles en direction de son adversaire. La première ricocha sur un bouton de la vareuse de l'officier, et la seconde l'atteignit au bras droit. Ce dernier riposta et toucha Alexandre Pouchkine au ventre. Ce type de blessure étant considérée comme mortelle, le duel s'arrêta là. Pouchkine mourut deux jours plus tard des suites de sa blessure.

Yoann Laurent-Rouault

Bibliographie

Poèmes

Poésies, recueil de poèmes

Souvenirs à Tsarskoïe Selo (1814)

Ode à la liberté (1817)

Rouslan et Ludmila, poème épique (1817-1820), mis en opéra par Mikhaïl Glinka (1842)

Le Prisonnier du Caucase (1821), mis en opéra par César Cui (1857, révision 1885)

La Gabrieliade (Gavriliade, 1821) poème plein d'humour sur l'Archange Gabriel et l'annonce faite à Marie

La Fontaine de Bakhtchissaraï (1824), mis en ballet par Boris Assafiev (1934)

Les Tsiganes (1824), mis en opéra par Serge Rachmaninov (1893)

Le Comte Nouline (1825)

Le Fiancé (1825)

La Tempête (1827)

Au fond des mines sibériennes (1827)

Le Noyé (1828)

Le Matin d'hiver (1829)

L'Avalanche (1829)

Poltava (1828), poème mis en opéra sous le titre de *Mazeppa*, par Piotr Tchaïkovski (1884)

La Petite Maison de Kolomna (1830), mis en opéra par Igor Stravinsky (1922)

Automne (1833)

Le Cavalier de bronze (1833), nouvelle en vers, mis en ballet par Reinhold Glière (1949)

Contes (en vers)

Du tsar Saltan, de son fils Gvidon le preux et puissant chevalier et de la belle princesse cygne, mis en opéra par Nikolaï Rimski-Korsakov (1900)

Du pêcheur et du petit poisson

Du Pope et de son valet Balda

Conte de la Princesse morte et des sept chevaliers

Le Coq d'or (1834), mis en opéra par Nikolaï Rimski-Korsakov (1909)

Drames

Boris Godounov, tragédie historique (1825), mis en opéra par Modeste Moussorgski (1874)

L'Invité de pierre (1830), sur le thème de Don Juan, mis en opéra par Alexandre Dargomyjski (1872)

Mozart et Salieri (1830), mis en opéra par Nikolaï Rimski-Korsakov (1897)

Le Festin en temps de peste (1830), mis en opéra par César Cui (1901)

La Roussalka (1832), mis en opéra par Alexandre Dargomyjski (1856)

Le Chevalier avare (1836), mis en opéra par Serge Rachmaninov (1906)

Nouvelles

Le Nègre de Pierre le Grand (1827), roman inachevé, relatif à son ancêtre Abraham Hanibal : premier roman historique russe

Récits de feu Ivan Pétrovitch Bielkine

Le Coup de pistolet

La Tempête de neige

Le Marchand de cercueils

Le Maître de poste

La Demoiselle paysanne (1831)

Histoire du bourg de Gorioukhino (1830), écrite en 1830, publiée en 1837

Roslavlev (1831), écrite en 1831, publiée en 1836

La Dame de pique, nouvelle (écrite en 1833, publiée en 1834), mis en opéra par Piotr Tchaïkovski (1890)

Kirdjali (1834)

Nuits égyptiennes (1835), inachevée, mis en ballet par Anton Arensky (1900)

Un Pelham russe (1835), inachevée

Voyage à Arzroum, autre traduction *Voyage à Erzeroum*, récit (1836)

Alexandre Radichtchev (1836)

Romans et prose

Eugène Onéguine (1823-1831), roman en vers, mis en opéra par Piotr Tchaïkovski (1879) et en ballet par John Cranko (1965) sur une musique de Tchaikovski (*Les saisons*) orchestrée par Karl-Heinz Stolze

Rouslan et Ludmilla, 1820, conte en vers inspiré par des contes populaires russes

Un roman par lettres (1829), roman commencé en 1829 et resté inachevé, publié en 1857

Doubrovski (1832-1833), roman publié en 1841, mis en opéra par Eduard Napravnik (1894/95)

Histoire de la révolte de Pougatchev (1834)

La Fille du capitaine, roman (1836)

Note de lecture

La présence de trois astérisques (***) remplace des noms de personnes ou de lieux ; elles étaient présentes dans le texte original de Pouchkine.

« *Dame de pique* signifie malveillance secrète. »

Le Cartomancien moderne

I

Quand dehors la grisaille
Brouillait les vitres,
Ils se retrouvaient.

Il fallait les voir, Dieu ait leur âme !
S'acharnant sur leurs mises,
Les doubler.

Et gagner,
Et marquer le coup
À la craie.

Ainsi, par les temps sombres,
Les voyait-on s'absorber
En de sérieuses affaires.

On jouait chez Naroumov, officier aux gardes à cheval. La longue nuit d'hiver s'écoula sans qu'on s'en aperçût. On se mit à souper vers cinq heures du matin. Les gagnants mangeaient de grand appétit ; les autres regardaient distraitement leurs couverts vides. Mais la conversation s'anima grâce au champagne, et bientôt tout le monde y prit part.

— Qu'as-tu fait aujourd'hui, Sourine ? demanda le maître de la maison.

— J'ai perdu, comme d'habitude. Vraiment, je n'ai pas de veine. Je ne double jamais ma mise. Rien ne me démonte. Pourtant je perds toujours.

— Eh quoi ! Pas une seule fois tu n'as cherché à profiter de la série ? Pas une seule fois tu n'as été tenté d'essayer ? Ta constance me confond.

— Et que diriez-vous de Hermann ? s'écria l'un des convives en désignant un jeune officier du génie. De sa vie ce garçon n'a fait un *paroli*, ni même touché une carte ; mais il reste avec nous jusqu'à cinq heures du matin, à nous regarder jouer.

— Le jeu m'intéresse beaucoup, dit Hermann, mais, dans l'espoir du superflu, je ne puis risquer le nécessaire.

— Hermann est allemand : il est économe, voilà tout, remarqua Tomski. Mais s'il est quelqu'un que je ne comprenne pas, c'est ma grand-mère, la comtesse Anna Fédotovna.

— Comment ? Pourquoi ? s'écrièrent les convives.

— Je ne puis concevoir, reprit Tomski, les raisons qui la retiennent de jouer.

— Voyons ! dit Naroumov, qu'y a-t-il d'étonnant à ce qu'une femme de quatre-vingts ans ne ponte pas ?

— N'avez-vous rien entendu dire ?

— Rien, vraiment.

— Or donc, écoutez. Mais sachez d'abord que ma grand-mère, il y a quelque soixante ans, vint à Paris, où elle fit fureur. On la suivait en foule ; on voulait voir *la Vénus moscovite*[1]. Richelieu, qui lui fit la cour, faillit se brûler la cervelle, affirme-t-elle, désespéré par ses rigueurs. En ce temps, les dames jouaient au pharaon. Un soir, à la cour, ma grand- mère, jouant contre le duc d'Orléans, perdit sur parole une somme considérable. Rentrée chez elle, tout en décollant ses mouches et en dégrafant ses paniers, ma grand-mère avoua sa dette à mon grand-père et lui enjoignit de payer. Feu mon grand-père, autant qu'il m'en souvient, lui servait d'intendant en quelque sorte. Il la craignait comme le feu ; cependant l'aveu d'une perte aussi effroyable le jeta hors de ses gonds. Il fit des comptes, remontra à ma grand-mère qu'en six mois ils avaient dépensé un demi-million ; qu'ils n'avaient point en France leurs villages de Moscou et de Saratov ; bref, il refusa de payer. Grand-mère alors le gifla, et, pour consommer la disgrâce, fit, cette nuit-là, chambre à part. Le lendemain elle le convoqua ; elle escomptait le bon effet de ce

---

[1] En français dans le texte original.

châtiment matrimonial. Pour la première fois de sa vie, elle condescendit à des raisonnements, à des explications. Rien n'y fit… En vain s'efforça-t-elle de lui expliquer qu'il y a dette et dette, et qu'on n'en peut user avec un prince ainsi qu'avec un carrossier. Grand-père s'entêtait et refusait de rien entendre. « Non et non. » C'était tout. Grand-mère ne savait plus que devenir. Elle connaissait intimement un homme fort remarquable. Vous avez entendu parler du comte de Saint-Germain, dont on raconte tant de merveilles. Vous savez qu'il se faisait passer pour le Juif errant, pour l'inventeur de l'élixir de vie, de la pierre philosophale. Certains riaient de lui comme d'un charlatan, et Casanova, dans ses *Mémoires*, dit que c'était un espion. Quoi qu'il en soit, et malgré le mystère dont il s'entourait, Saint-Germain gardait un aspect fort respectable et se montrait très aimable en société. Ma grand- mère, qui l'aime encore à la folie, ne supporte pas d'entendre parler de lui sans respect. Elle savait que le comte de Saint-Germain pouvait disposer de sommes énormes, et décida de s'adresser à lui. Elle lui écrivit donc un billet, le priant de passer au plus tôt chez elle. Le vieil original accourut, et la trouva tout accablée de désespoir. Elle lui dépeignit sous les couleurs les plus sombres la conduite barbare de son mari, et dit en terminant qu'elle reportait sur son amitié et son obligeance tous ses espoirs. Saint-Germain se mit à réfléchir : « Je vous avancerais bien cette somme », dit-il, « mais je sais que vous n'auriez de repos qu'après me l'avoir rendue, et je n'aurais donc pas levé vos ennuis. Je propose un autre moyen : regagner l'argent. » « Mais, mon cher comte », répondit ma grand-mère, « je vous l'ai dit, nous n'avons plus d'argent du tout ! » « Il n'en est point besoin », répliqua Saint-Germain. « Daignez seulement m'écouter… » Et il lui révéla un secret que chacun de nous paierait cher…

Les jeunes joueurs redoublèrent d'attention. Tomski alluma sa pipe, en tira une bouffée et continua :

— Le soir même, ma grand-mère parut à Versailles *au jeu de la reine*[2]. Le duc d'Orléans tenait la banque. Ma grand-mère

---

[2] En français dans le texte original.

s'excusa négligemment de ne s'acquitter pas aussitôt, débita pour se justifier je ne sais quelle petite histoire, et se mit incontinent à ponter. Elle choisit trois cartes, les joua l'une après l'autre en doublant à chaque fois sa mise. Les trois cartes gagnèrent, et ma grand-mère put s'acquitter glorieusement.

— Pur hasard ! s'écria l'un des convives.

— Quel conte ! protesta Hermann.

— Les cartes étaient peut-être truquées, reprit un troisième.

— Je ne le crois pas, répliqua gravement Tomski.

— Comment, dit Naroumov, tu as une grand-mère qui devine trois cartes gagnantes successives, et tu n'as pas encore su t'emparer de ce secret cabalistique ?

— C'est bien là le diable ! répondit Tomski. Elle avait quatre fils, dont mon père. Tous les quatre, joueurs enragés ; elle ne révéla son secret à aucun d'eux, bien que cela leur eût été fort utile, ainsi qu'à moi. Mais voici ce que m'a raconté mon oncle, le comte Ivan Ilitch, et ce dont son honneur se fait garant : feu Tchaplitzki – celui-là même qui est mort dans la misère après avoir gaspillé des millions – dans sa jeunesse, un jour qu'il jouait contre Zoritch, s'il m'en souvient, perdit près de trois cent mille roubles. Il était au désespoir. Ma grand-mère, qui se montrait toujours très sévère pour les étourderies des jeunes gens, eut, je ne sais pourquoi, pitié de Tchaplitzki. Elle lui désigna trois cartes ; il aurait à les jouer l'une après l'autre ; mais il lui donnait sa parole de ne jouer ensuite plus jamais. Tchaplitzki se rendit chez son vainqueur. Ils jouèrent. Tchaplitzki mit cinquante mille roubles sur la première carte, et gagna. Il doubla son enjeu, et gagna encore ; gagna de même avec la troisième carte. En fin de compte il put s'acquitter et se trouver encore en gain… Mais voilà bientôt six heures ; il est temps d'aller se coucher.

En effet, le jour commençait à poindre. Les jeunes gens vidèrent leurs verres et l'on se sépara.

II

— Il paraît que Monsieur est décidément pour les suivantes³.
— Que voulez-vous, Madame ? Elles sont plus fraîches⁴.

Conversation mondaine.

La vieille comtesse *** était dans sa chambre de toilette, assise devant un miroir. Trois suivantes l'entouraient. L'une tenait un pot de rouge, l'autre une boîte d'épingles à cheveux, la troisième un haut bonnet orné de rubans couleur feu. La comtesse n'avait plus la moindre prétention à la beauté, la sienne était flétrie depuis longtemps ; mais elle conservait toutes les habitudes de sa jeunesse, suivait rigoureusement les modes du siècle passé, et mettait à sa toilette tout autant de soin et de temps que soixante ans auparavant. Une jeune fille, sa pupille, faisait de la broderie dans l'embrasure de la fenêtre.

— Bonjour, *grand-maman*⁵, dit en entrant un jeune officier. *Bonjour, mademoiselle Lise. Grand-maman*⁶, j'ai une demande à vous adresser.

— Qu'est-ce que c'est, *Paul*⁷ ?

— Permettez-moi de vous présenter un de mes amis et de l'amener vendredi à votre bal.

— Amène-le directement au bal, où tu me le présenteras. As-tu été hier chez *** ?

— Certainement ! C'était très gai. On a dansé jusqu'à cinq heures. Eletzkaïa était à ravir.

---

³ En français dans le texte original.
⁴ En français dans le texte original.
⁵ En français dans le texte original.
⁶ En français dans le texte original.
⁷ En français dans le texte original.

— Eh, mon cher ! Que lui trouve-t-on de si beau ? Peut-on la comparer à la princesse Daria Pétrovna, sa grand-mère ! À propos : je suppose qu'elle doit être bien vieillie, la princesse Daria Pétrovna ?

— Vieillie ! Eh quoi ! répondit étourdiment Tomski, il y a bien sept ans déjà qu'elle est morte.

La jeune fille leva la tête et fit signe au jeune officier. Il se souvint alors qu'on cachait à la vieille comtesse la mort des personnes de son âge. Il se mordit les lèvres. Mais la comtesse accueillit cette nouvelle, qu'elle entendait pour la première fois, avec une parfaite indifférence.

— Morte ! dit-elle ; tiens, je ne le savais même pas. Nous avons été nommées ensemble demoiselles d'honneur, et lorsque nous fûmes présentées à l'Impératrice…

Et la comtesse raconta pour la centième fois son anecdote.

— Allons, *Paul*[8] ! dit-elle ensuite ; aide-moi à me lever. Lisanka, où est ma tabatière ?

Et la comtesse, accompagnée de ses trois suivantes, se retira derrière le paravent pour achever sa toilette.

Tomski resta seul avec la jeune fille.

— Qui donc voulez-vous présenter à la comtesse ? demanda à voix basse Lisavéta Ivanovna.

— Naroumov. Vous le connaissez ?

— Non. Est-ce un militaire ?

— Oui.

— Dans le génie ?

— Non, dans la cavalerie. Qu'est-ce qui vous faisait penser qu'il est dans le génie ?

La jeune fille se mit à rire et ne répondit rien.

— *Paul*[9] ! cria la comtesse derrière le paravent. Envoie-moi un nouveau roman ; n'importe lequel, pourvu qu'il ne soit pas dans le goût du jour.

---

[8] En français dans le texte original.
[9] En français dans le texte original.

— Qu'entendez-vous par là, *grand-maman*[10] ?

— Je veux dire un roman où le héros n'étrangle ni son père, ni sa mère, et où il n'y ait pas de noyés. J'ai une peur atroce des noyés.

— Oh ! des romans de ce genre, on n'en fait plus ! Ne voudriez-vous pas un roman russe ?

— Tiens ! est-ce qu'il y a des romans russes ? Envoie-m'en un, mon cher, envoie-m'en un, je t'en prie.

— Au revoir, *grand-maman*[11], je suis pressé. Au revoir, Lisavéta Ivanovna. Pourquoi donc vouliez-vous que Naroumov fût dans le génie ?

Et Tomski sortit de la chambre de toilette.

Restée seule, Lisavéta Ivanovna laissa son ouvrage et se mit à regarder par la fenêtre. Bientôt, de l'autre côté de la rue, à l'angle de la maison du coin, parut un jeune officier.

Lisavéta Ivanovna rougit ; elle reprit son ouvrage et baissa la tête sur le canevas. En ce moment la comtesse rentra, complètement habillée.

— Lisanka, dit-elle, fais atteler. Nous irons faire une promenade.

Lisanka se leva et se mit à ranger sa tapisserie.

— Eh bien, qu'as-tu donc, petite mère ? Es-tu sourde ? cria la comtesse ; fais vite atteler le carrosse.

— J'y vais, répondit la jeune fille, et elle courut vers l'antichambre.

Un domestique entra et remit à la comtesse quelques livres de la part du prince Paul Alexandrovitch.

— C'est bien ! Faites-le remercier. Lisanka, où donc cours-tu ?

— Je vais m'habiller.

— Tu as le temps, petite mère. Assieds-toi là : ouvre le premier volume et fais-moi la lecture.

La jeune fille prit le livre et lut quelques lignes.

---

[10] En français dans le texte original.
[11] En français dans le texte original.

— Plus haut ! dit la comtesse. Qu'as-tu donc, petite mère ? Serais-tu enrouée ? Attends. Approche-moi le petit tabouret. Plus près... Eh bien !...

Lisavéta Ivanovna lut encore deux pages. La comtesse bâilla.

— Jette ce livre, dit-elle. Quelles fadaises ! Renvoie tout cela au prince Paul, et fais-le remercier... Et le carrosse ? Que devient le carrosse ?

— Il est prêt, dit Lisavéta Ivanovna, en regardant par la fenêtre.

— Pourquoi n'es-tu pas habillée ? Toujours il faut t'attendre. C'est insupportable, ma chère !

Lisa courut à sa chambre. Elle n'y était pas depuis deux minutes, que la comtesse sonnait de toutes ses forces.

Trois suivantes accoururent par une porte, un valet par une autre.

— On a beau appeler, personne ne vous entend ! s'écria la comtesse. Qu'on aille presser Lisavéta Ivanovna. Je l'attends.

La jeune fille entra en manteau et en chapeau.

— Enfin, te voilà ! dit la comtesse. Mais quel est cet accoutrement ! À quoi songes-tu ? Qui prétends-tu séduire ?... Quel temps fait-il ? Du vent, n'est-ce pas ?

— Non, Excellence, dit le valet de chambre, il fait très doux.

— Vous répondez toujours au hasard. Ouvrez le vasistas. Je le disais bien ! Il fait du vent ; un vent très froid. Qu'on dételle ! Lisanka, nous ne sortons pas. C'était bien la peine de t'attifer ainsi !

« Et voilà ma vie ! » songea Lisavéta Ivanovna.

En vérité, Lisavéta Ivanovna était une bien malheureuse créature. « Il est amer, le pain d'autrui », dit Dante, « et les marches du seuil d'autrui sont pénibles à gravir. » Et qui donc aurait pu mieux connaître l'amertume de la sujétion, que la pauvre pupille d'une vieille femme de qualité ? La comtesse n'était assurément pas méchante, mais elle avait tous les caprices d'une femme gâtée par le succès mondain. Elle était avare et se complaisait dans un froid égoïsme, comme les vieilles gens qui ont cessé d'aimer et qui sont hostiles au présent. Elle prenait part à toutes les frivoles distractions de la vie mondaine, elle se traînait à toutes les fêtes, et là, fardée et parée à la mode ancienne, se tenait assise dans son coin, ornement hideux et obligatoire des salles de bal. Les invités en entrant s'approchaient d'elle avec de profonds saluts, comme on accomplirait un rite. Puis personne ne s'en occupait plus. Chez elle, où était reçue toute la ville, elle observait une étiquette rigoureuse et ne reconnaissait jamais aucun de ses visiteurs. Ses nombreux domestiques, engraissés et vieillis dans ses antichambres, en prenaient à leur aise avec la vieille moribonde, que chacun plumait à l'envi. Dans cette maison, Lisavéta Ivanovna menait une vie de martyre. Servait-elle le thé, c'étaient aussitôt des reproches à propos du sucre gaspillé. Lisait-elle à voix haute quelque roman, la comtesse la faisait responsable de tous les défauts de l'auteur. Accompagnait-elle la comtesse dans une promenade, c'est à elle qu'on s'en prenait du mauvais temps et des mauvais pavés. Les appointements fixés ne lui étaient jamais intégralement payés ; cependant on exigeait d'elle qu'elle fût habillée comme tout le monde, c'est-à-dire comme fort peu de gens. Dans la société, son rôle était des plus misérables. Chacun la connaissait, mais elle n'était remarquée par personne. Au bal, elle ne dansait que lorsqu'on manquait de vis-à-vis, et les dames la prenaient par le bras chaque fois qu'il leur fallait quitter le salon pour réparer quelque désordre de leur toilette. Elle avait de l'amour-propre, sentait vivement l'infortune de sa situation, et jetait autour d'elle des regards impatients dans l'attente d'un libérateur. Mais les jeunes gens, prudents dans leur étourderie vaniteuse, ne l'honoraient d'aucun regard, bien que Lisavéta Ivanovna fût cent fois plus charmante que les jeunes beautés froides et hautaines autour desquelles ils faisaient les jolis cœurs. Que de fois, quittant les riches et fastidieux salons, elle s'en était allée pleurer dans sa petite chambre que meublaient une commode, un lit en bois peint, un paravent de papier, un petit miroir, et où une chandelle dans un chandelier de cuivre répandait une morne lueur.

Un jour – cela se passait le surlendemain de la soirée décrite au début de cette histoire, et une semaine avant la scène que nous venons de conter –, un jour, Lisavéta Ivanovna était assise près de la fenêtre, devant son métier ; regardant distraitement dans la rue, elle aperçut un jeune officier du génie, immobile, les yeux fixés sur sa fenêtre. Elle baissa la tête et reprit son travail. Au bout de cinq minutes, elle regarda de nouveau ; le jeune officier était à la même place. N'ayant pas l'habitude de faire la coquette avec les officiers qui passaient sous ses fenêtres, elle se remit à travailler et demeura près de deux heures sans plus lever les yeux de son métier. On servit le dîner. Elle se leva, s'occupa de ranger son ouvrage et, ayant involontairement regardé dans la rue, elle y vit encore l'officier. Cela lui parut assez étrange. Après le dîner, elle s'approcha de la fenêtre avec une certaine inquiétude, mais l'officier n'était plus là. Elle cessa de penser à lui.

Mais deux jours après, sortant avec la comtesse, comme elle allait monter en voiture, elle le revit. Il se tenait près du perron, le visage enfoui dans un col de castor ; ses yeux noirs étincelaient sous les bords de son tricorne. Lisavéta Ivanovna eut peur sans trop savoir pourquoi, et s'installa dans la voiture, saisie d'un trouble étrange.

De retour à la maison, elle courut à la fenêtre ; l'officier était à son poste, fixant sur elle son regard. Elle recula, brûlant de curiosité et agitée par un sentiment tout nouveau pour elle.

Depuis lors, il ne se passa pas de jour que le jeune homme ne parût, à l'heure habituelle, sous les fenêtres de la maison. Des rapports muets s'établirent entre eux. Assise à sa place et travaillant, elle pressentait son approche, relevait la tête et le regardait chaque jour plus longuement. Le jeune homme paraissait lui en être reconnaissant : elle distinguait, avec ce regard aigu de la jeunesse, qu'une vive rougeur couvrait les joues pâles de l'officier chaque fois que leurs yeux se rencontraient. Au bout d'une semaine, elle lui sourit.

Lorsque Tomski demanda à la comtesse la permission de lui présenter un ami, le cœur de la pauvre fille battit bien fort. Mais en apprenant que Naroumov faisait son service aux gardes à cheval, et non point dans le génie, elle s'en voulut d'avoir laissé paraître son secret devant un écervelé.

Hermann était fils d'un Allemand établi depuis longtemps en Russie et qui lui avait laissé une petite fortune. Fermement convaincu de la nécessité d'assurer son indépendance, Hermann ne touchait même pas à ses revenus, ne vivait que de sa solde et se refusait le moindre caprice. Au surplus, il était dissimulé, ambitieux, et ses camarades ne trouvaient que rarement l'occasion de railler son économie excessive. Il avait de violentes passions et une imagination ardente, mais sa fermeté l'avait jusqu'alors préservé des égarements habituels à la jeunesse. Ainsi, joueur dans l'âme, jamais il ne touchait une carte, car il estimait que sa situation ne lui permettait pas (comme il le disait lui-même) « de risquer le nécessaire dans l'espoir du superflu » ; cependant il passait des nuits entières devant le tapis vert, à suivre avec une angoisse fébrile les différentes phases du jeu.

L'anecdote des trois cartes frappa violemment son imagination, et de toute la nuit ne quitta pas sa pensée.

« Si pourtant », songeait-il le lendemain soir, « en errant à travers les rues de Pétersbourg, si la vieille comtesse me révélait son secret ! si elle m'indiquait ces trois cartes gagnantes ! Pourquoi ne tenterais-je pas ma chance ?... Me faire présenter, gagner sa confiance, devenir, s'il le faut, son amant. Mais pour tout cela il faut du temps ! Or, à quatre-vingt-sept ans, elle peut mourir dans une semaine, dans deux jours... D'ailleurs, cette anecdote ! Peut-on y croire ? Non, l'économie, la modération, le travail, voici mes trois cartes gagnantes. Voici ce qui triplera, sextuplera ma fortune, ce qui me procurera l'indépendance, le repos ! »

Tout en raisonnant de la sorte, il se trouva dans une des principales rues de Pétersbourg, devant une maison d'architecture ancienne. La rue était encombrée d'équipages ; les voitures défilaient et s'arrêtaient devant la façade éclairée, et l'on voyait à chaque instant apparaître tantôt le petit pied svelte d'une beauté, tantôt une botte à éperon, tantôt le bas rayé et le soulier d'un diplomate. Pelisses et manteaux passaient rapidement devant un suisse solennel. Hermann s'arrêta.

— À qui appartient cette maison ? demanda-t-il à un sergent de ville.

— À la comtesse ***.

Hermann tressaillit. L'étrange histoire se présenta de nouveau à son imagination. Il fit les cent pas devant la maison, en songeant à la comtesse et à son pouvoir mystérieux.

De retour très tard dans son humble logis, il fut longtemps avant de s'endormir ; et, lorsque le sommeil s'empara de lui, il rêva de cartes, de tapis vert, de liasses d'assignats et de monceaux de ducats. Il jouait carte sur carte ; il doublait avec assurance, gagnait sans cesse, amoncelait des piles d'or et bourrait ses poches de billets. Réveillé très tard, il se désola de l'évanouissement de ses fantastiques richesses et recommença d'errer par la ville.

Bientôt il se trouva de nouveau devant la maison de la comtesse ***. Une force inconnue semblait l'y attirer. Il s'arrêta et se mit à regarder les fenêtres. Derrière une vitre il aperçut une jeune tête aux cheveux noirs, penchée sur un livre, sans doute, ou sur quelque travail. La tête se releva ; Hermann vit un frais visage et des yeux noirs.

Cet instant décida de son sort.

III

Vous m'écrivez, mon ange, des lettres de quatre pages plus vite que je ne puis les lire[12].

Correspondance.

Lisavéta Ivanovna n'eut pas plus tôt enlevé manteau et chapeau que la comtesse l'envoya chercher, et fit atteler de nouveau son carrosse. Toutes deux s'apprêtaient à y monter. À l'instant où deux valets de pied soulevaient et hissaient péniblement la vieille dame sur le marchepied, Lisavéta Ivanovna aperçut son officier tout auprès de la voiture. Celui-ci la saisit par la main. Avant qu'elle eût pu se remettre de sa frayeur, le jeune homme avait disparu, lui glissant un billet dans la main. Elle le dissimula sous son gant, et, durant tout le trajet, n'entendit rien, ne vit rien. En voiture, la comtesse avait l'habitude de poser sans cesse des questions : « Qui vient de passer ? Comment s'appelle ce pont ? Qu'est-ce qu'il y a d'inscrit sur cette enseigne ? »

Cette fois, Lisavéta Ivanovna répondit tout de travers, ce qui mit en colère la comtesse.

— Qu'as-tu donc aujourd'hui ma petite mère ? As-tu perdu le sens ? Tu ne m'entends pas, ou tu ne me comprends pas ? Dieu merci, je ne grasseye pas et je ne suis pas encore une folle !

Lisavéta Ivanovna ne l'écoutait pas. De retour à la maison, elle courut à sa chambre, tira la lettre de son gant ; elle n'était pas cachetée. Lisavéta Ivanovna la lut. La lettre contenait une déclaration d'amour ; elle était tendre, respectueuse, et, mot pour mot, traduite d'un roman allemand ; mais Lisavéta Ivanovna ne savait pas l'allemand, et fut très contente.

---

[12] En français dans le texte original.

Pourtant cette lettre, qu'elle avait acceptée, la troublait extrêmement. Pour la première fois de sa vie, elle nouait une intrigue secrète avec un jeune homme. La témérité de l'officier l'épouvantait. Elle se reprochait sa conduite imprudente et ne savait quel parti prendre. Ne plus se tenir à la fenêtre et, par une feinte indifférence, décourager l'officier de ses poursuites ? lui renvoyer sa lettre ? lui répondre d'une manière nette et glacée ? Elle n'avait ni parente, ni amie à qui demander conseil.

Lisavéta Ivanovna se décida à répondre.

Elle s'assit devant sa table, prit une plume, du papier, et se mit à réfléchir. Plus d'une fois elle commença sa lettre, la déchira... Les termes lui en paraissaient tantôt trop complaisants, tantôt trop sévères. Enfin elle réussit à écrire ces quelques lignes, dont elle fut satisfaite :

Je suis persuadée que vos intentions sont celles d'un honnête homme, et que vous ne voudriez pas m'offenser par une conduite irréfléchie. Cependant des rapports entre nous ne doivent pas commencer ainsi. Je vous renvoie donc votre lettre et j'espère dorénavant ne plus avoir à me plaindre d'un manque de considération que je n'ai point mérité.

Le lendemain, aussitôt qu'elle aperçut Hermann, elle quitta sa broderie, passa dans le salon, ouvrit le vasistas et jeta la lettre dans la rue, se fiant à la prestesse du jeune officier. Hermann accourut, ramassa le billet et entra pour le lire dans la boutique d'un confiseur. Ayant rompu le cachet, il trouva sa propre lettre et la réponse de Lisavéta Ivanovna. C'était là ce qu'il espérait. Il rentra chez lui tout occupé par son intrigue.

Trois jours après, une jeune modiste à l'œil vif apporta un billet à Lisavéta Ivanovna. Celle-ci l'ouvrit, inquiète, s'attendant à quelque demande d'argent ; mais, reconnaissant l'écriture de Hermann :

— Vous vous trompez, mademoiselle, ce billet n'est pas pour moi.

— Si fait, c'est bien pour vous, répondit effrontément la jeune fille, sans dissimuler un sourire. Prenez la peine de le lire.

Lisavéta Ivanovna parcourut le billet. Hermann exigeait un rendez-vous.

— Cela ne se peut ! s'écria Lisavéta Ivanovna, effrayée par la hardiesse de la demande et du procédé. Cette lettre n'est assurément pas pour moi.

Et elle déchira le billet en mille petits morceaux.

— Si la lettre n'est pas pour vous, pourquoi la déchirez-vous ? dit la modiste. Je l'aurais retournée à celui qui l'a envoyée.

— Je vous en prie, ma chère ! dit Lisavéta Ivanovna toute confuse ; ne m'apportez plus jamais de messages : quant à celui qui vous en charge, dites-lui qu'il devrait avoir honte.

Mais Hermann ne se calma pas. Lisavéta Ivanovna recevait chaque jour une nouvelle lettre, transmise tantôt d'une manière, tantôt d'une autre. Elles n'étaient plus traduites de l'allemand. Hermann les écrivait, inspiré par une passion violente, et parlait un langage qui était bien le sien. Ses lettres reflétaient toute l'obstination de ses désirs et le désordre de son imagination déréglée. Lisavéta Ivanovna ne songeait plus à les lui renvoyer : elle s'en enivrait. Elle se prit à lui répondre et ses billets devinrent chaque jour plus longs et plus tendres. Enfin elle lui jeta par la fenêtre la lettre suivante :

Aujourd'hui, il y a bal chez l'ambassadeur ***. La comtesse y sera. Nous y resterons jusqu'à deux heures environ. C'est l'occasion pour vous de me voir seule. Sitôt que la comtesse sera partie, ses gens probablement s'en iront aussi. Il ne restera plus que le suisse dans le vestibule, mais il a coutume de se retirer dans son réduit. Venez à onze heures et demie. Montez directement l'escalier. Si vous rencontrez quelqu'un dans l'antichambre, vous demanderez si la comtesse est chez elle. On vous répondra qu'elle est sortie, et alors il n'y aura rien à faire ; force sera de vous retirer. Mais, vraisemblablement, vous ne rencontrerez personne. Les servantes se tiennent toutes dans la même chambre. En sortant du vestibule, prenez à gauche et continuez tout droit devant vous, jusqu'à la chambre à coucher de la comtesse. Là, derrière un paravent, vous trouverez deux petites portes : celle de droite donne accès à un cabinet obscur où la comtesse ne pénètre jamais ;

celle de gauche ouvre sur un corridor, au bout duquel un étroit escalier tournant mène à ma chambre.

Dans l'attente de l'heure fixée, Hermann frémissait comme un tigre. Dès dix heures du soir, il était devant la maison de la comtesse. Il faisait un temps affreux. Le vent hurlait, une neige à demi fondue tombait à gros flocons. Les réverbères répandaient une clarté terne ; les rues étaient désertes. De temps à autre un traîneau passait attelé d'une rosse étique, le cocher épiait un passant attardé. Hermann, vêtu de son seul uniforme, en arrêt, ne sentait ni le vent, ni la neige. Enfin le carrosse de la comtesse avança. Hermann vit sortir, soutenue par deux laquais, la vieille toute courbée, enveloppée d'une pelisse de zibeline ; aussitôt après, couverte d'un manteau léger, les cheveux ornés de fleurs naturelles, passa rapidement Lisavéta Ivanovna. La portière claqua et le carrosse roula lourdement sur la neige molle. Le suisse referma la porte d'entrée. Les lumières des fenêtres s'éteignirent. Hermann faisait les cent pas devant la maison déserte. Il s'approcha d'un réverbère et regarda sa montre. Il était onze heures vingt. Immobile sous le réverbère, les yeux fixés sur l'aiguille, il compta les minutes.

À onze heures et demie précises, Hermann gravit les marches du perron et entra dans le vestibule brillamment éclairé. Le suisse n'y était pas. Hermann monta rapidement l'escalier, ouvrit la porte de l'antichambre et vit, sous une lampe, un domestique qui dormait étendu dans un vieux fauteuil crasseux. D'un pas ferme et léger, Hermann passa devant lui. La grande salle et le salon étaient obscurs. La lampe de l'antichambre n'y répandait qu'une lueur incertaine. Hermann entra dans la chambre de la comtesse. Une veilleuse d'or brûlait devant d'anciennes icônes ; des fauteuils recouverts de soie fanée, des divans aux dorures ternies et garnis de coussins de plume étaient disposés avec une morne symétrie le long des murs tendus de tapisseries chinoises. On y voyait deux portraits peints à Paris par Mme Vigée-Lebrun. L'un représentait un homme d'une quarantaine d'années, gros et rose, en habit vert, sur lequel brillait une décoration. Le second portrait était celui d'une femme jeune et belle, au nez aquilin, une rose dans ses cheveux poudrés relevés sur les tempes. Dans les moindres recoins, on voyait des bergers de porcelaine, des pendules du fameux Leroy, des petites boîtes, des éventails et un tas de ces bibelots à l'usage des dames, colifichets de la fin du siècle dernier, contemporains des appareils de Montgolfier et du fluide de Mesmer.

Hermann passa derrière le paravent. Là se trouvait un lit de fer. À droite il aperçut la porte du cabinet obscur, à gauche celle du corridor. Il ouvrit celle-ci et distingua l'étroit escalier tournant qui menait à la chambre de la pauvre pupille. Mais, revenant sur ses pas, il entra dans le cabinet noir.

Le temps s'écoulait lentement. Tout était silencieux. La pendule du salon sonna minuit ; les autres pendules de la maison sonnèrent toutes minuit, l'une après l'autre ; puis tout retomba dans le silence. Hermann, debout, s'appuyait contre un poêle sans feu. Il était calme. Son cœur battait régulièrement, comme celui d'un homme qui a pris une décision hasardeuse, mais irrévocable. Une heure sonna, puis deux ; enfin il entendit le roulement lointain d'une voiture. Alors, malgré lui, il sentit l'émotion l'envahir. La voiture approcha et s'arrêta. Il entendit rabattre le marchepied, puis un branle-bas dans la maison. Les domestiques accoururent ; il y eut des bruits de voix ; les appartements s'éclairèrent. Trois vieilles suivantes firent irruption dans la chambre à coucher, et la comtesse, à peine vivante, entra et se laissa tomber dans un fauteuil Voltaire. Hermann regardait par une fente. Lisavéta Ivanovna passa tout près de lui ; il entendit ses pas précipités sur les marches de l'escalier tournant. Quelque chose qui ressemblait à un remords agita son cœur, puis se dissipa de nouveau. Il se fit de pierre.

La comtesse commença de se déshabiller devant un miroir. On lui ôta son bonnet orné de roses ; on enleva sa perruque poudrée, découvrant ses cheveux tout blancs coupés ras. Les épingles pleuvaient autour d'elle. Sa robe jaune brodée d'argent glissa jusqu'à ses pieds gonflés. Hermann assista à tous les mystères répugnants de cette toilette. Enfin la comtesse demeura en peignoir et en bonnet de nuit. En ce costume plus conforme à son âge, elle paraissait moins hideuse et moins effroyable.

Comme toutes les vieilles gens, la comtesse souffrait d'insomnies ; elle s'installa dans un fauteuil près de la fenêtre et renvoya ses femmes. On emporta les chandelles ; la chambre ne fut plus éclairée que par la seule veilleuse. La comtesse, toute jaune, remuait ses lèvres pendantes et se balançait de droite et de gauche. Dans ses yeux ternes on lisait une absence complète de pensée, et, en la regardant se balancer ainsi, on aurait pu croire que le mouvement de l'horrible vieille ne provenait pas de sa propre volonté, mais d'un secret courant galvanique.

Subitement, ce visage de mort changea d'expression. Les lèvres cessèrent de remuer, les yeux s'animèrent. Un inconnu s'était dressé devant la comtesse.

— N'ayez pas peur, dit-il d'une voix sourde, mais bien distincte. Pour l'amour de Dieu n'ayez pas peur. Je n'ai nulle intention de vous faire du mal, je viens implorer une grâce.

La vieille le regardait en silence et semblait ne pas l'entendre. Hermann crut qu'elle était sourde, et, se penchant à son oreille, il répéta les mêmes paroles. La vieille se taisait toujours.

— Vous pouvez, continua Hermann, assurer le bonheur de ma vie, sans qu'il vous en coûte rien. Vous êtes à même, je le sais, de désigner trois cartes qui…

Hermann s'arrêta. La comtesse sembla enfin comprendre ce qu'on exigeait d'elle. On eût dit qu'elle cherchait des mots pour sa réponse.

— C'était une plaisanterie, dit-elle enfin. Je vous le jure, c'était une plaisanterie !

— On ne plaisante pas ainsi, répliqua Hermann d'un ton irrité. Souvenez-vous de Tchaplitzki : grâce à vous, il a pu gagner…

La comtesse parut troublée. Ses traits exprimèrent une vive émotion, mais elle retomba bientôt dans une stupeur immobile.

— Pouvez-vous m'indiquer ces trois cartes gagnantes ? continua Hermann.

La comtesse se taisait. Hermann reprit :

— Pour qui gardez-vous votre secret ? Pour vos petits-enfants ? Ils sont déjà riches ; et puis ils ne connaissent même pas la valeur de l'argent. Vos trois cartes n'aideront en rien le prodigue. Celui qui n'a pas su garder son patrimoine mourra dans la misère, malgré les efforts les plus diaboliques. Je ne suis pas un prodigue, moi ! Je sais ce que vaut l'argent. Vos trois cartes ne seront pas perdues pour moi. Allons !...

Il se tut et attendit, frémissant, la réponse. La comtesse se taisait. Hermann se mit à genoux.

— Si votre cœur a jamais connu l'amour, si vous vous rappelez ses extases, si vous avez jamais souri à la plainte d'un nouveau-né, si quelque sentiment humain a jamais fait battre votre cœur, je vous en conjure par l'amour d'une épouse, d'une amante, d'une mère, par tout ce qu'il y a de saint dans la vie, ne repoussez pas ma prière, révélez-moi votre secret ! Qu'en feriez-vous ? Mais peut-être est-il lié à quelque péché terrible, à la perte de votre salut éternel, à quelque pacte diabolique ? Pensez-y, vous êtes vieille, vous n'avez plus longtemps à vivre. Je suis prêt à prendre sur moi votre péché. Révélez-moi seulement ce secret. Songez que le bonheur d'un homme se trouve entre vos mains, que non seulement moi, mais encore mes enfants, mes petits-enfants, nous bénirons tous votre mémoire et vous vénérerons comme une sainte.

La vieille ne répondait pas.

Hermann se releva.

— Sorcière ! s'écria-t-il, en serrant les dents, je saurai te faire parler !...

Et il tira un pistolet de sa poche.

À la vue du pistolet, la comtesse, pour la seconde fois, manifesta une violente émotion. Elle agita de nouveau la tête, étendit ses bras comme pour se protéger contre l'arme, puis, subitement, elle se renversa en arrière et demeura immobile.

— Allons donc ! cessez de faire l'enfant, dit Hermann, en lui prenant la main. Je vous demande pour la dernière fois : Voulez-vous me dire vos trois cartes ! Oui ou non ?

La comtesse ne répondit pas. Hermann vit qu'elle était morte.

IV

7 mai 18[13]...
Homme sans mœurs et sans religion[14] !

Correspondance.

Lisavéta Ivanovna était assise dans sa chambre, en toilette de bal, plongée dans une méditation profonde. De retour à la maison, elle s'était hâtée de renvoyer sa femme de chambre qui, à moitié endormie, lui avait offert à contrecœur ses services ; elle n'avait besoin de personne pour se déshabiller, lui dit-elle. Puis, toute frémissante, elle était montée dans sa chambre, espérant y trouver Hermann, désirant en même temps qu'il n'y fût pas. Du premier coup d'œil elle s'assura de son absence, et remercia le destin pour l'avoir empêché de venir. Elle s'assit sans changer de toilette, et se mit à repasser dans sa mémoire toutes les circonstances de cette intrigue, commencée depuis si peu de temps et qui déjà l'avait entraînée si loin. Trois semaines s'étaient à peine écoulées depuis que, de sa fenêtre, elle avait aperçu le jeune officier pour la première fois, et voilà qu'elle était en correspondance avec lui et que déjà il avait obtenu d'elle un rendez-vous de nuit ! Elle ne savait son nom que parce que quelques-unes de ses lettres étaient signées ; elle ne lui avait jamais adressé la parole, n'avait jamais entendu le son de sa voix. Jusqu'à ce soir-là, chose étrange, elle n'avait pas même entendu parler de lui. Ce soir, au bal, Tomski, boudant la jeune princesse Pauline *** qui, contre son habitude, coquetait avec un autre, résolut de se venger d'elle en jouant l'indifférence ; il invita Lisavéta Ivanovna pour une interminable mazurka, du-

---

[13] En français dans le texte original.
[14] En français dans le texte original.

rant laquelle il fit force plaisanteries sur l'intérêt particulier qu'elle portait aux officiers du génie et feignant d'en savoir sur ce sujet beaucoup plus long qu'elle ne pouvait supposer. Quelques-unes de ses plaisanteries tombèrent si juste que, plus d'une fois, Lisavéta Ivanovna crut son secret découvert.

— De qui tenez-vous tout cela ? dit-elle en riant.

— D'un ami de la personne que vous savez, répondit Tomski. D'un homme fort étrange.

— Qui donc est cet homme étrange ?

— Il s'appelle Hermann.

Lisavéta Ivanovna ne répondit rien, mais elle sentit ses mains et ses pieds se glacer.

— Ce Hermann, continua Tomski, est vraiment un personnage romanesque. Il a le profil de Napoléon et l'âme de Méphistophélès. Je crois qu'il doit avoir au moins trois crimes sur la conscience. Mais comme vous êtes pâle !

— J'ai mal à la tête… Eh bien ! que vous a dit ce… Hermann, ou comment l'appelez-vous ?

— Hermann est très mécontent de son ami : il dit qu'à sa place il en aurait usé tout autrement. Je suppose même que Hermann a des vues sur vous. Du moins, ce n'est pas avec indifférence qu'il écoute les propos amoureux de son ami.

— Mais où donc m'a-t-il vue ?

— À l'église, peut-être ; à la promenade. Dieu sait encore où ! Peut-être dans votre chambre pendant que vous dormiez. Il en est bien capable !

En cet instant, trois dames, s'avançant pour inviter Tomski à choisir entre *oubli et regret*[15], interrompirent cette conversation qui excitait douloureusement la curiosité de Lisavéta Ivanovna. Il se trouva que la dame choisie par Tomski était la princesse Pauline ***. Elle eut le temps de s'expliquer en faisant un tour de plus et en tardant ensuite à s'asseoir.

Lorsque Tomski et Lisavéta reprirent leur danse, Tomski ne pensait plus ni à Hermann, ni à la jeune fille. Celle-ci essaya

---

[15] En français dans le texte original.

vainement de renouer la conversation interrompue, mais la mazurka prit fin et, aussitôt après, la vieille comtesse quitta le bal.

Il n'y avait dans les propos de Tomski rien de plus qu'un bavardage de danseur, mais ils avaient pénétré profondément dans l'âme de la jeune rêveuse. Le portrait tracé par Tomski ressemblait à l'image qu'elle avait rêvée : image banale, mais qui tout à la fois effrayait et charmait son imagination exaltée par de romanesques lectures.

Elle était toujours assise, ses bras nus croisés, la tête encore parée de fleurs, penchée sur sa poitrine découverte.

Soudain la porte s'ouvrit, et Hermann entra. Elle tressaillit.

— Où étiez-vous donc ? demanda-t-elle d'une voix angoissée.

— Dans la chambre de la vieille comtesse, répondit Hermann. Je viens de la quitter. La comtesse est morte.

— Mon Dieu ! que dites-vous ?...

— Et je crois bien, continua Hermann, que je suis cause de sa mort.

Lisavéta Ivanovna le regarda, et les paroles de Tomski retentirent dans son âme : « Cet homme doit avoir au moins trois crimes sur la conscience. »

Hermann s'assit sur le rebord de la fenêtre, et lui raconta tout. Lisavéta Ivanovna l'écoutait avec épouvante. Ainsi donc, ces lettres si passionnées, ces supplications ardentes, cette poursuite hardie et obstinée, tout cela, ce n'était pas l'amour qui l'avait inspiré. L'argent ! voilà ce que convoitait son âme ! Ce n'était donc pas elle qui pouvait combler ses désirs et le rendre heureux. La pauvre enfant n'avait été que la complice aveugle d'un bandit, du meurtrier de sa vieille bienfaitrice !...

Et elle pleura amèrement, dans la douleur d'un repentir tardif. Hermann la regardait en silence. Il était angoissé, lui aussi. Mais ni les larmes de la jeune fille, ni la beauté touchante de sa douleur ne troublaient son âme insensible. Il n'avait pas de remords en songeant à la morte. Une seule pensée l'épouvantait : la perte irréparable du secret dont il attendait sa fortune.

— Vous êtes un monstre ! dit enfin Lisavéta Ivanovna.

— Je n'ai pas voulu sa mort, répondit Hermann, mon pistolet n'était pas chargé.

Ils se turent.

Le jour se levait. Lisavéta Ivanovna éteignit la chandelle qui achevait de se consumer. Une lueur blafarde éclaira la chambre. Elle essuya ses yeux pleins de larmes et les leva sur Hermann. Il était toujours assis sur le rebord de la fenêtre, les bras croisés, fronçant les sourcils d'une manière menaçante. Dans cette attitude, il rappelait étonnamment le portrait de Napoléon. Cette ressemblance frappa Lisavéta.

— Comment sortirez-vous de la maison ? dit-elle enfin. Je pensais vous faire sortir par l'escalier secret, mais il faudrait pour cela passer par la chambre à coucher de la comtesse, et j'ai peur...

— Dites-moi comment trouver cet escalier dérobé, j'irai seul.

Lisavéta Ivanovna se leva, prit dans un tiroir une clef qu'elle remit à Hermann, en lui donnant des indications précises. Hermann serra sa main inerte et glacée, posa ses lèvres sur son front baissé, et sortit.

Il descendit l'escalier tournant, et entra de nouveau dans la chambre de la comtesse. Elle était assise, toute raide. Son visage exprimait un calme profond. Hermann s'arrêta devant elle et la contempla longuement, comme pour s'assurer de l'effrayante vérité. Enfin il entra dans le cabinet obscur et, sous la tapisserie, découvrit la porte de l'escalier secret, qu'il commença à descendre. D'étranges sentiments l'agitaient. « Par ce même escalier », songea-t-il, « il y a quelque soixante ans, à pareille heure, en habit brodé, coiffé *à l'oiseau royal*[16], serrant son tricorne contre sa poitrine, se glissait furtivement dans cette même chambre un jeune et heureux amant qui depuis longtemps n'est plus que poussière, et le cœur de sa maîtresse a cessé de battre aujourd'hui... »

Au bas de l'escalier, Hermann trouva une porte qu'il ouvrit avec sa clef, puis il suivit un corridor qui le mena dans la rue.

---

[16] En français dans le texte original.

V

Cette nuit m'est apparue la défunte baronne de W***.
Elle était tout de blanc vêtue et me dit :
« Bonjour, Monsieur le conseiller. »

Swedenborg.

Trois jours après la nuit fatale, Hermann se rendit au couvent de ***, où l'on devait célébrer les funérailles de la comtesse.

Bien que n'éprouvant pas de remords, Hermann ne pouvait étouffer complètement la voix de sa conscience qui lui répétait : « C'est toi le meurtrier ! »

À défaut de vraie foi, il avait une multitude de superstitions. Il croyait que la défunte pouvait exercer une influence néfaste sur sa vie, et résolut d'assister à ses funérailles, afin d'implorer son pardon.

L'église était pleine de monde. Hermann eut beaucoup de peine à traverser la foule. Le cercueil était placé sur un riche catafalque, sous un baldaquin de velours. La défunte était étendue dans sa bière, les mains jointes sur la poitrine, coiffée d'un bonnet de dentelles, vêtue d'une robe de satin blanc. Sa famille et les gens de la maison se tenaient près du catafalque ; les domestiques, en caftans noirs garnis à l'épaule de rubans armoriés, un cierge à la main ; les enfants, petits-enfants, arrière-petits-enfants en grand deuil. Personne ne pleurait ; les larmes eussent passé pour *une affectation*[17]. La comtesse était si vieille, que sa mort ne pouvait surprendre personne, et ses parents depuis longtemps la considéraient comme hors de ce monde. Un jeune évêque prononça l'oraison funèbre. En termes simples et touchants, il peignit la fin paisible de cette femme juste, dont la

---

[17] En français dans le texte original.

longue existence ne fut qu'une préparation douce et attendrissante à une mort chrétienne.

— L'ange de la mort, dit l'orateur, l'a surprise, vigilante, dans ses méditations pieuses et dans l'attente du fiancé de minuit.

Le service se déroula au milieu d'une affliction décente. Les parents vinrent faire leurs derniers adieux à la défunte. Après eux, les nombreux invités s'inclinèrent devant celle qui durant tant d'années avait pris part à leurs frivoles plaisirs. Puis s'avancèrent les gens de la maison et, en dernier lieu, la favorite de la défunte, aussi âgée que celle-ci. Deux jeunes filles la soutenaient. Elle n'avait pas la force de s'agenouiller, mais elle fut la seule qui versa quelques larmes en baisant la main froide de sa maîtresse. Après elle, Hermann se décida à s'approcher du cercueil. Il se prosterna et demeura ainsi quelques instants sur les dalles froides jonchées de branches de sapin. Il se releva enfin, aussi pâle que la morte, gravit les degrés du catafalque et s'inclina… Il lui sembla en ce moment que la morte lui jetait un regard moqueur en clignant de l'œil. D'un brusque mouvement, Hermann se rejeta en arrière, perdit pied et tomba lourdement à la renverse. On le releva. Au même instant on emportait sur le parvis de l'église Lisavéta Ivanovna, évanouie. Cet épisode troubla pendant quelques minutes la solennité de la funèbre cérémonie. Un murmure sourd s'éleva dans l'assistance, et un chambellan chafouin, proche parent de la défunte, glissa à l'oreille d'un Anglais, qui se trouvait près de lui, que le jeune officier était le fils naturel de la comtesse ; à quoi l'Anglais répondit par un « Oh ? » très froid.

Toute cette journée, Hermann fut en proie à un malaise extrême. Il dîna dans un restaurant solitaire et, contre son habitude, but beaucoup, dans l'espoir de s'étourdir. Mais le vin ne fit qu'échauffer encore son imagination.

Rentré chez lui, il se jeta tout habillé sur son lit et s'endormit d'un sommeil pesant.

Il faisait nuit lorsqu'il se réveilla. La lune illuminait sa chambre. Il regarda sa montre : il était trois heures moins un quart. Il n'avait plus envie de dormir. Assis sur son lit, il se mit à songer à l'enterrement de la vieille comtesse.

En cet instant, quelqu'un qui passait dans la rue jeta un regard dans sa chambre, puis s'éloigna aussitôt. Hermann n'y prêta aucune attention. Une minute après, il entendit ouvrir la porte de son antichambre. Il crut que son ordonnance, ivre selon son habitude, rentrait de quelque promenade nocturne. Mais non ; c'était un pas inconnu. Quelqu'un marchait en traînant doucement des pantoufles. La porte s'ouvrit et une femme vêtue de blanc entra. Hermann crut que c'était sa vieille nourrice, et s'étonna de ce qui pouvait l'amener à une heure si tardive. Mais la femme en blanc, glissant, se trouva subitement près de lui, et Hermann reconnut la comtesse.

— Je suis venue chez toi contre ma volonté, dit-elle d'une voix ferme. Mais il m'est ordonné d'exaucer ta prière. Trois – sept – as, gagneront l'un après l'autre, mais tu ne joueras chaque soir qu'une seule carte, et après tu ne joueras plus de toute ta vie. Je te pardonne ma mort, à condition que tu épouses Lisavéta Ivanovna, ma pupille.

Ayant ainsi parlé, elle se dirigea lentement vers la porte, et disparut en traînant ses pantoufles. Hermann entendit claquer la porte de l'antichambre, et vit de nouveau quelqu'un à la fenêtre, qui le regardait.

Hermann demeura longtemps sans pouvoir se ressaisir. Il entra dans la chambre voisine. Son ordonnance dormait à terre. Hermann eut beaucoup de peine à le réveiller. L'ordonnance était ivre comme d'habitude, et il fut impossible d'en obtenir un mot. La porte de l'antichambre était fermée à clef. Hermann entra dans sa chambre, alluma un flambeau, et écrivit le récit de sa vision.

VI

— Attendez !
— Comment avez-vous osé me dire : « Attendez » ?
— Votre Excellence, j'ai dit : « Veuillez attendre. »

Deux idées fixes ne peuvent coexister dans le monde moral, de même que dans le monde physique deux corps ne peuvent occuper en même temps la même place. Le trois, le sept, l'as effacèrent bientôt dans l'imagination de Hermann le souvenir de la vieille comtesse. Le trois, le sept, l'as ne quittaient plus son esprit et revenaient sans cesse sur ses lèvres. Voyait-il une jeune fille : « Que sa taille est bien prise ! disait-il, un vrai trois de cœur. » Lui demandait-on l'heure, il répondait : « Un sept moins cinq. » Tout homme un peu gros lui rappelait un as. Le trois, le sept, l'as le poursuivaient en rêve et sous maints aspects. Le trois s'épanouissait avec l'apparence d'une splendide fleur de magnolia ; le sept figurait un portail gothique ; l'as prenait la forme d'une araignée monstrueuse. Toutes ses pensées se fondirent en une seule : mettre à profit le secret si chèrement acquis. Il songea à quitter l'armée pour voyager. C'est dans les maisons de jeu de Paris qu'il espérait dompter la fortune ensorcelée. Le hasard le tira d'embarras. Un cercle de riches joueurs s'était formé à Moscou, sous la présidence du fameux Tchékalinski, dont toute l'existence s'était passée à la table de jeu et qui avait amassé naguère des millions, car il gagnait des lettres de change et ne perdait que de l'argent ; il devait à sa longue expérience la confiance de ses amis ; à sa maison ouverte, à un cuisinier fameux, à son affabilité et à sa gaieté, l'estime du monde. Il vint à Pétersbourg. La jeunesse accourut en foule, délaissant les bals pour les cartes, et préférant les émotions du jeu aux séductions de la coquetterie.

Naroumov lui amena Hermann. Ils traversèrent une enfilade de pièces somptueuses, remplies de serviteurs empressés. Partout il y avait foule. Quelques généraux et conseillers secrets jouaient au whist ; des jeunes gens étaient confortablement installés sur des divans tendus de soie, prenant des glaces et fumant des pipes. Dans le salon principal, devant une longue table, autour de laquelle se pressaient une vingtaine de joueurs, le maître de la maison tenait la banque. C'était un homme de soixante ans environ, d'aspect respectable, avec des cheveux argentés ; son visage rond et frais respirait la bienveillance, ses yeux brillaient, animés d'un sourire continuel. Naroumov lui présenta Hermann. Tchékalinski lui serra amicalement la main, le pria de ne pas faire de cérémonies, et continua de jouer.

La taille dura longtemps. Il y avait plus de trente cartes sur la table. À chaque coup, Tchékalinski s'arrêtait, afin de laisser aux joueurs le temps de prendre leurs dispositions, marquait les sommes perdues, écoutait poliment les réclamations, et, plus poliment encore, redressait les coins d'une carte qu'une main distraite avait pliée. Enfin la taille fut terminée. Tchékalinski battit les cartes et se prépara à en commencer une autre.

— Permettez-moi de prendre une carte, dit Hermann allongeant son bras par-dessus un gros homme qui pontait à côté de lui.

Tchékalinski sourit, et s'inclina silencieusement en signe de parfait assentiment. Naroumov félicita Hermann sur la fin de sa longue abstinence, et lui souhaita un heureux début.

— Va ! dit Hermann, en inscrivant à la craie sa mise au-dessus de la carte.

— Combien ? demanda le banquier en plissant les yeux. Veuillez m'excuser, je ne vois pas.

— Quarante-sept mille, répondit Hermann.

À ces mots, toutes les têtes se tournèrent instantanément, tous les yeux se dirigèrent vers Hermann.

« Il est fou ! » se dit Naroumov.

— Permettez-moi de vous faire observer, dit Tchékalinski, avec son sourire immuable, que votre jeu est fort : personne n'a encore ponté ici plus de deux cent soixante-quinze roubles sur le simple.

— Eh bien ! répliqua Hermann, me faites-vous ma carte, oui ou non ?

Tchékalinski s'inclina avec la même expression d'humble acquiescement.

— Je voulais seulement vous faire observer, dit-il, qu'étant honoré de la confiance de mes amis, je ne peux jouer qu'argent sur table. En ce qui me concerne, votre parole seule suffit, évidemment ; cependant, pour l'ordre du jeu et la facilité des comptes, je vous prierai de mettre l'argent sur la carte.

Hermann tira de sa poche un billet de banque et le tendit à Tchékalinski ; après y avoir jeté un regard rapide, celui-ci le déposa sur la carte d'Hermann.

Il se mit à tailler. À droite vint un neuf, à gauche un trois.

— Le trois gagne, dit Hermann en montrant sa carte.

Un murmure s'éleva parmi les joueurs. Tchékalinski fronça les sourcils, mais un sourire reparut aussitôt sur son visage.

— Désirez-vous que je règle ? demanda-t-il à Hermann.

— Je vous en prie.

Tchékalinski tira de sa poche quelques billets de banque, et s'acquitta sur-le-champ. Hermann prit son argent et s'éloigna de la table. Naroumov n'en revenait pas. Hermann but un verre de limonade, et rentra chez lui.

Le lendemain soir, il revint chez Tchékalinski. Le maître de la maison tenait la banque. Hermann s'approcha de la table. Les joueurs lui firent aussitôt place ; Tchékalinski le salua d'un air affable.

Hermann attendit une nouvelle taille, prit une carte, la couvrit de ses quarante-sept mille roubles et du gain de la veille.

Tchékalinski commença la taille. Un valet sortit à droite, un sept à gauche.

Hermann découvrit un sept.

Tous s'exclamèrent. Le trouble de Tchékalinski était manifeste. Il compta quatre-vingt-quatorze mille roubles et les remit à Hermann, qui les prit avec sang-froid et sortit aussitôt.

Le soir suivant, Hermann reparut à la table. Tout le monde l'attendait. Les généraux et les conseillers secrets avaient délaissé leur whist pour assister à un jeu aussi extraordinaire. Les jeunes officiers avaient quitté précipitamment leurs divans, les serviteurs se pressaient dans le salon. Tout le monde entourait Hermann. Les autres joueurs avaient cessé de ponter, attendant avec impatience la fin de ce jeu.

Hermann debout près de la table se disposait à ponter seul contre Tchékalinski ; celui-ci, pâle, n'avait pas cessé de sourire. Chacun d'eux décacheta un paquet de cartes. Tchékalinski les mêla. Hermann, après avoir coupé, choisit sa carte et la couvrit d'une liasse de billets de banque. Cela ressemblait à un duel. Un profond silence régnait autour d'eux.

Tchékalinski se mit à tailler ; ses mains tremblaient. À droite vint une dame ; à gauche un as.

— L'as gagne ! dit Hermann, et il découvrit sa carte.

— Votre dame est battue, dit doucement Tchékalinski.

Hermann tressaillit : en effet, au lieu d'un as, il tenait une dame de pique. Il n'en croyait pas ses yeux, ne comprenant pas comment il avait pu se méprendre.

Au même instant, il lui sembla que la dame de pique clignait de l'œil et lui souriait. Il fut frappé par une extraordinaire ressemblance…

— La vieille ! s'écria-t-il, épouvanté.

Tchékalinski ramassa les billets de banque.

Hermann demeurait immobile. Lorsqu'il quitta la table, une conversation bruyante s'éleva.

— Un fameux ponte ! disaient les joueurs.

Tchékalinski mêla les cartes : le jeu reprit son cours.

CONCLUSION

Hermann est devenu fou. Il est à l'hôpital Oboukhov, au numéro 17, ne répond à aucune question et marmotte très rapidement : « Trois, sept, as ! Trois, sept, dame !… »

Lisavéta Ivanovna a épousé un jeune homme très aimable. Il est fonctionnaire et possède une assez jolie fortune ; c'est le fils de l'ancien intendant de la vieille comtesse. Lisavéta Ivanovna a pris chez elle une jeune parente pauvre, comme demoiselle de compagnie.

Tomski est passé capitaine et va épouser la princesse Pauline.

PRÉFACE	3
Bibliographie	11
Note de lecture	14
I	17
II	21
III	29
IV	36
V	40
VI	43
CONCLUSION	47

Disponible dans la collection
Les Atemporels

- **L'ésotérisme de Dante** de René Guénon
  Préface par Pénélope Morin
- **1984** de George Orwell
  Préfacé par Jean-David Haddad
  Traduit par Clémentine Vacherie
- **La ferme des animaux** de George Orwell
  Préfacé et traduit par Aïssatou Thiam
- **Psychologie des foules** de Gustave Le Bon
  Préfacé par Benoist Rousseau
- **Le Prince** de Nicolas Machiavel
  Préfacé par Benoist Rousseau
- **Orient et Occident** de René Guénon
  Préfacé par Pierre Vaude
- **Qu'est-ce qu'une nation ?** d'Ernest Renan
  Préfacé par Benoist Rousseau
- **La machine à explorer le temps** de H. G. Wells
  Préfacé par Jean-David Haddad

Découvrez le fonds littéraire international

Œuvres classiques illustrées et enrichies
Compilation d'œuvres essentielles
De nombreuses traductions

Suivez **JDH Éditions** sur les réseaux sociaux
pour en savoir plus sur les auteurs,
les nouveautés, les projets…

Inscrivez-vous à notre Newsletter sur
www.jdheditions.fr
Pour recevoir l'actualité de nos nouvelles
parutions